大象班兒子，綿羊班女兒

游書珣

目錄

推薦序

詩人的誕生──很小很小的母親　　　　夏夏

終於，我們又重新迎來了詩的盛世。

搭捷運、滑開手機、走在路上、到各類館所參觀時，我們總能不經意與詩相遇。人們不厭其煩討論這個新奇的現象，有人說要歸功於手機的普及改變大眾閱讀習慣，輕巧短小的詩文在眾多文類中於是勝出，成為這個世代的共同語言。

更幸運的是，這不只是一個人人能讀詩寫詩的盛世，也愈來愈多母親詩人參與其中。

自上個世紀女性主義代表者之一維吉尼亞·吳爾芙（Virginia Woolf）提出「女人要有一間屬於自己的房間，一筆屬於自己的存款，才能真正擁有創作的自由」，使得現代女性在奮鬥了幾百年後，終於有了明確的目標，從而爭取自己的自由。但是，一名即便在職場上再成功的女性，一旦退回家庭，甚至成為母親後，天性與社會結構使然，往往被剝奪大量的精力與時間。直至今日，女性在職場中的地位仍是有待努力的。而創作者更

是其中需要獨立時間與空間的職業別，要同時成為母親與詩人也就難上加難。令人振奮的是，這幾年在臺灣詩壇中，愈來愈多身為母親的詩人出版作品，相信藉此也可以作為一個社會朝向「善待母嬰」以及「友善育兒」的前進指標。

天知道母親是最懂詩的人。

懷孕絕對是一件需要極大想像力的事情。從得知懷孕的那一刻起，母親的想像力便源源不絕地啟動，勾勒出稚嫩臉龐的眼、眉、鼻、嘴，從孩子一絲絲的細小動作，就能天馬行空推演至久遠的以後，如同創作力豐沛的詩人。

懷孕更是一件豐富心靈、提高感受性的過程。隨著胎兒在腹中逐漸成形，當他揮舞小拳頭、踢踢小腳，唯有母體才能接收到這些幽微如詩的訊號，察覺孩子的狀況，與之溝通。

而等候孩子出生的過程因為內心滿滿的期待而顯得漫長，懷孕又是一個學習等待的經驗。在這個等待的時刻，不安與焦慮，喜悅與滿足，促發詩意油然而生。

詩人游書珣的文字，正是體現了作為詩人與母親的最佳結合。

《大象班兒子，綿羊班女兒》全書共分為三個部分。是一本陪伴之書，陪伴即將或已經成為母親的妳。

第一部「媽媽手冊」記錄孕程的心境感受，同時也是一個女人進入母職的歷程，「我抱著我的肚子／走過街角，看到馬路那頭／也有一盞燈，緩緩朝我移動／我們相視而笑／肚子燈，點得更亮了」（肚子燈）。又因為詩人的那份細膩，能清楚描繪出母親們心中共同的痛楚，「從此，我們將不再是『我們』／我們被一道鋒利的刀刃切開／成為『你』，成為『我』」（我們）。

第二部「交換語言」寫下新生兒階段的育兒甘苦，讓人一窺母職的難處，「我拿起鋤頭／鏗鏘一聲／敲到了石頭——／你滿懷希望爬向我／滿足地吸吮著／乾燥的石縫竟緩緩滲出／鮮美的乳汁……」（墾）。母親在此亦成為一名忠實的紀錄者，且藉由詩的語言能將每一個成長的點滴加以深刻化，「此刻她雖然睡著／卻仍在夢裡哭喊／有時她說愛我，有時則否／畢竟她的語言總是像詩」（她終於睡著的時候）。

第三部「大象班兒子，綿羊班女兒」則是學齡前孩子初次離開母親呵護的羽翼，進入學習團體中拓展世界，這當中可見孩子與母親之間細膩而深刻的變化，「女的馬，女的馬／妳的小馬漸

漸長大／妳的馬鞍終於可以卸下」（女的馬）。母親也會藉著陪伴孩子成長而回到自身的童年，為我們勾起共有的傷痛：「你的心靈，會與其他孩子一起／被方正的書包／壓製成同一種形狀嗎？」（書包）

曾獲諾貝爾文學獎的智利女詩人嘉貝拉・密絲特拉兒（Gabriela Mistral）曾在一系列寫給母親們的詩中，用純真且熱切的口吻寫下：「如今我懂得了萬物的母性情感。像我俯視的大山也是一個母親，午後的雲霧像小孩一般在她的肩膀及膝蓋四周玩耍。」（大地的形象／陳黎、張芬齡譯）。誰能夠在面對孩子時，不會不由自主卸下過度的偽裝而袒露出單純的樣貌呢？而母親在孩子面前更是如此。

書珣的文字質樸、清麗，總能在細微的觀察中觸動人心，信手拈來的風、陽光、綠葉就能賦予詩意，其中洋溢的童趣更令人讀來會心一笑。

她在詩中把自己退為一個「很小很小的母親」（穿過葉尖的名字），進入到孩子很大很大的世界，並且甘願迎接各種拉扯與撕裂：「近日感覺／手變得很長／抱著日漸變重的你／手因此而拉長……因為手長／可以掛很多東西／尿布包、奶瓶、圍兜、水

壺，雨傘／還有你」（手）。而成為母親不只養育的是自己的孩子，也包括自身心中的孩子，以及回望賜予我們生育能力的母親：「看著我的母親／我側著頭想，或許／這是一種演化邏輯／她的手甚至比我更長」

能夠作為一位母親，對詩人而言是幸運的。

透過養育孩子，我們得以再次重新認識語言，原有的世界會被推翻，獲得再次定義。「我拋出各種詞語給妳／但沒有一個可以／載妳著陸，僅能／抱著妳，保護妳／在這語詞飄泊的世界裡……讓我們將錯字輕輕撢去／會有另一枚字隨風飄來／如果那正是妳要的／它將脫去輕薄的透明翅膀／降落在妳掌心」（在詞語的世界裡）。在這個詞語飄泊的世界裡，同時身為詩人與母親，書珣不只捕捉到每一刻靈光閃爍的時刻，更為我們從中濾掉過多的雜質、干擾，提煉出面對文字、面對生命的初心：「在詞語的世界裡／我樂於將自己／重新還原成一個／牙牙學語的人」（在詞語的世界裡）。

自序
幸好還有寫詩

游書珣

每一次出詩集，都像在與過去做一次慎重的告別。我在 2016 年夏天出版的《站起來是瀑布，躺下是魚兒冰塊》可說是對過去曾經有過的小小輝煌(得獎、發表等等)告別——不知道為什麼，把它們印成書之後，我就踏上了忘記它們之路；印出來之後，就不再修改，也不再緬懷了。重要的是以後，像是把那些紀錄出清，直到自己變成零，然後才能繼續生產新的作品，繼續往前走下去，看看前面還有什麼。

這一次，也可以說是一個告別，告別的是我曾經是這樣一個母親。當然並不是說我可以從此脫離母親的身分了，而是兩個孩子都漸漸脫離最令人辛苦的階段，也都上了學。回頭看這段路，真的慶幸自己雖然不能自由創作，但幸好還有寫下這些詩，把當媽媽的心情記錄下來。

多感謝孩子，如果不是他們，我不可能寫出這永遠無從想像的種種。

一開始會寫這系列的詩，說穿了只是為了消除焦慮吧。當媽之後，不能自由創作了，擁有的自我空間、時間都只剩縫隙，只能快速進出。我總是在想，如果只剩這樣，我還能做些什麼？然而書寫這些作品並非刻意，這些文字好像很自然就流露出來，自然到我無法理解；那些文字充斥在每天的細節裡，我只是把它記錄下來，然後用後來的時間去修剪它的枝節。

沒想到我就這樣寫了一整本的「媽媽系列」詩集（累積了100首左右，本書收錄其中70首）。然而我還是很焦慮，這四年來，除了媽媽系列，完全寫不出其他題材的作品。我常常想，難道我這輩子再也寫不出親子以外的題目了嗎？身在其中，除了書寫正在經歷的，其他題材像枯竭的河流，暫時不會出現了，可以說是什麼都寫不出來，什麼都會被我自動連結到與小孩有關的題材上頭。

這本詩集出版的時間，我將它訂為孩子們都上學之後。2017年夏天，經歷一番掙扎，送第二個孩子去上學，我回到自己，一個非全天候母親的身分。孩子一個四歲多，一個兩歲半，育兒生活來到第四年；四年的時間跟許多媽媽相比並不算長，但對我這樣一個想創作的人來說，簡直煎熬。雖然擁有孩子是計畫中的事，但擁有了之後所發生的，是怎麼也想不到的。

獨自搭火車，去臺北與出版社朋友會面，才想起上一次自己一個人搭火車至少是四年前的事了；和初次見面的編輯聊起媽媽經，竟然淚流不止。然而我回頭看那些詩，卻覺得有些陌生了；那些曾經有過的感覺，其實也不過三年多以前，感覺上卻像是三十年前那麼久遠。

我總是覺得作品放著，繼續修改可以更好更好，但一旦發現了那個感覺正離我遠去，便覺得這個題材不應該放太久，否則那個感覺會變得不那麼貼近真實了。這個題材是那麼貼近自我，種種瑣碎的事物若不趕緊保留下來，它們都將消逝而去──面對兩、三年前書寫的詩句，已經無法填補當初完整的情緒細節了。正因為許多感覺都已無法明確的回憶起來，僅能以理性除錯，略為刪修，卻也不能更改太多，否則便失去了當初最直接、真實的感受。

身為創作者，也曾拍過紀錄片的我，深知這點，因而覺得這本書的出版時間不能拖得太長，於是它成為現在的模樣。再過幾年後，或許看來會有點粗糙吧，但以這個題材而言，比起精緻的字句，「真實」才是最珍貴的部分。

於是這本詩集也像一個剛誕生的小孩，有著胎毛，皺皺的皮膚，赤裸而純真，朝著世界前進。

寫於 2017 年 12 月

第一部　媽媽手冊

媽媽手冊

小心而膽怯地
從醫生手中接下
一本沉甸甸的身分證明
書寫著自己姓名的筆跡
深深刻下，穿透紙張
直達我的掌心
一股突如其來的刺痛
讓我從原本的人生之中
驚醒過來

果實

子宮裡長了一顆
乾硬而青澀的果實
他拉扯著我的枝椏
彷彿有許多問題，急著要問
那令我感到有點疼
卻又讓我不由得喜愛他
我伸出更多細小的枝椏
輕輕安撫他
一片花瓣飄落下來
我知道他可能會走，也許會留
卻私心希望他不要離開我
可是春天，萬物看起來
總是那麼美好
我滿懷希望地等待
等那顆果實成熟
帶給我更多
甜蜜的觸痛

掏空

決定掏空自己
將靈魂蜷曲成
更小的姿態
多騰出一些
體內的空間
讓你住下

為了你我不出門
甚至也不接電話
只悄悄地練習腹語
在你來臨之前
將一整本童詩集
慢慢唸給你聽

時間的篩子
滴滴答答地濾著
我那充滿雜質的心
一些年邁的藤蔓

鬼祟地從肚皮就要
爬了上來
每次午寐醒來
都要扶著夕陽
才能挺直腰桿

我已掏空自己
做好萬全準備
直到你來，才從體內
最深的那口井
一點一滴
盈滿出來

天使降落的途中

天使降落的途中
總是有風
你還沒準備好但我知道
此刻，你正害羞
躲在天邊那朵
被風搖得厲害的雨雲之中
俯瞰著我所居住
就要被大雨敲擊的
灰色屋簷

天使降落的途中
總是有歌
低音，且溫柔
我痴心等待著
好像任何一片
飄過的木棉花絮
都是你柔軟的衣角
任何一縷從窗隙篩落的日光

都是你看向我的目光

我將門前的落葉掃去
去湖畔捕撈月亮的碎片
貼在窗前反光
想像你所有喜好
將自己精心打扮成
一位母親的樣子
讓你在降落的途中
遠遠地，就能輕易
認出我

動物的懷孕組曲

我很可能是一頭獅子
整座草原其實是張地毯
我大吼一聲使它捲起
看，上面有各種動物的圖案
他們本來是平面的，因為你的誕生
他們太感動全都
變成真的

我或許是隻駱駝
我清楚聽見你
儘管沙子刮傷我的耳朵
夜裡很冷的時候我打開駝峰
裡面有溫熱的水可以泡奶
你在我懷裡睡著的時候我目睹
沙丘的肚皮悄悄豐隆

如果我是鱷魚
沼澤最黑的那幾天

我躺在水面上數星星
如果一顆星星滴落，鱷魚造型的漣漪
一圈圈泛開，哪一圈最像你？
我鑽進水裡，翻開水草與黑泥
尋找破殼的聲音

假如我是鯨魚
用空靈的聲音呼喚你
每一隻鯨魚的聲音都那麼相似
你卻總能認出我來，親愛的
我們多麼幸福都在海洋的肚子裡
除了我們，它還懷著許多魚蝦
胎動時湧起最溫柔的浪花

世界的各個角落
都有動物悄悄懷孕
色彩湧動的地平線
每一天都誕生一顆
全新的太陽

穿過葉尖的名字

散步時我想著你，此刻安睡於
我隆起的腹部，一個空著的括弧
等我填入全新的名字
它不該過分誇耀，只要
平凡而輕巧，加上恰好的強悍
像蔓生腳邊，綿延成片的野生小草
晚霞將它們烤出曠野的香味

我蹲下細看，細數千萬色階
哪一種綠更像你，適宜寫入你的名？
青色的毛蟲摩娑著尖刺葉緣
一隻蚱蜢在葉脈上跳格子
讓葉片晃出墨綠陰影，透露藏於
葉片背面，即將降臨的夜色

是什麼從眼角匆匆掠過？
輕踩禾本的花穗，隨即又被
凌空的蒲公英截走，是在葉上

逐一簽名又遠離的風，還是從我嘴邊碎落的
呼息韻腳？我翻閱手邊的野草圖集
語音一節一節，讀出陌生的名字

直到我們相遇，你將怯怯地張開眼耳
用它們來拆開「世界」這份大禮
裡頭有你獨一無二的名字，當我喚你
回到野草茂生的這裡，學我蹲下
但你蹲得更低，發現葉片上有些
只有你看得見的精靈；他們的模樣像你
在空氣裡劃寫自己的名字
你的語言終將緩緩成形，唸出他們
遺留於葉尖的第一個字

親愛的，於是我就這麼變老
而你的視點逐漸扶高，你將
仰望大樹，好奇那些碩大的樹冠
偶爾，你會不會回望腳邊，循著葉脈
細密的掌紋，指向遠方的消失點？
那裡有個很小很小的母親，帶著腹中的你
散步，閱讀，乘著夏日的微風慢慢走遠

試圖帶你抵達那些，未曾受到注目的
微小與繁複，與愛有關的各種字眼

不敢

夜裡，我腹中的土丘
在那黑暗的內裡，又大肆進行一場
造山位移；地殼推擠著地殼
如泥的血液滾滾奔流，陷落一個
底泥柔軟的湖泊。妳就在那裡
讓充滿奶香的湖水輕搖著妳
伸出透明的水草將妳捧在手心

在紙上慢慢寫下幾個字
卻不敢喚出妳的名，怕妳
被那些陌生的音韻驚醒而掩耳抗議
再也沒有其他聲音，比臟器運作的聲響
更令妳安心；心搏與血流
才是妳最熟悉的胎教音樂
妳是否喜歡？它們夠不夠溫柔？

不敢把一件那樣小的衣服
捧在手心太久，怕想妳太多

妳卻終究不肯見我
只因這裡太混亂、噩夢太多
小狗在漫天的輻射塵裡嬉戲
吞了塑膠的水鳥在夜裡咳嗽
一滴含毒的飲料點燃眾人隱疾
酒駕者疾駛而過，來不及聽見
酒杯裡的浮冰上，一隻北極熊正在呼救……

（我從來不敢向妳承諾
我將為妳改變這些種種）

但妳已來到途中，探出一張模糊的臉孔
不敢凝望妳太久，卻又忍不住猜臆
螢幕上的那些數據，會將妳組合成什麼？
妳翻身伸展手腳測量世界的大小
漆黑的畫面中，一顆心跳如星點快速閃動
那真的是妳？是離我最近又最遠的宇宙——
一套嶄新的太空裝在我衣櫃裡備好了
我對著鏡子穿了又脫，卻遲遲
不敢走向妳，怕一旦失去重力
便搆不到妳小小的手

此刻我腹中的土丘又顫顫地動
湖面泛起陣陣漣漪，我彷彿聽見妳
用某種自創的肢體語言
敲擊一首與距離有關的詩
高音像風箏飄走，低音則重重碎落
妳彎身撿拾那些帶著反光的碎片
一閃一閃地，終於在黑暗之中
找到了我

我想我們將會相遇
在某個樹葉落盡的深秋，如果妳還願意
妳將攜帶滿行囊的淚珠來見我
它們一顆顆滾到我腳邊
看起來那麼無暇剔透
我將不再膽小，將妳緊緊摟進懷中
撫摸妳溫暖潮溼的髮，像個真正的母親
讓妳的手指輕輕勾住我
像一朵小小害羞的花朵
始終不捨得離開我

變身

虛無的太空之中
一名女人在漫遊
柔軟的身體
開始長出發光按鈕
堅硬的金屬，一片片
覆蓋肌膚
無可控制地
自動駕駛

女人的身體漲大
胸臀豐滿起來
腰腹逐漸寬敞
黑暗的內艙之中
一切臟器失去重力
長時間飛行令她
雙腿發麻

乳房開始製造糧食

乳腺奔流著乳汁，濃稠香甜
精心調配的口味
乳頭持續變形，成為
量身訂製的奶嘴
一名乘客在她體內
逐漸現出臉孔
他在艙內翻滾，玩耍
對目的地無所知悉
也毫不在意

一次又一次，不斷變身的女人
她將穿越太陽風暴與碎石雨
歷經十個月的旅程
載著她心愛的乘客
抵達一個不再虛無
萬物滋長之處

小宇宙

我的身體裡有兩個心跳
一個在胸前
一個在肚皮裡

胸前的那個跳得比較慢
他提醒著我，我還活著
肚皮裡的，迅速地跳著
好像怕我忘了
他的存在似地
打著急促的拍子

在我體內
兩種韻律並行著
各自打著不同的節奏
大鼓、小鼓交響著
咚咚，咚咚咚
敲出一個全新的
小宇宙

魚

你像一尾深海的魚
企圖游出海底
一片漆黑的子宮裡
缺乏風景
但你兀自長出睫毛
眼睛一眨一眨，黑色的羊水
將你的瞳孔染深

你搔搔耳朵
聆聽空氣與食物
通過我身體的聲音
聆聽我們交響的心跳聲
透過肚皮，我說話的聲音
是否仍舊溫柔？

你生澀擺動身上的鰭
好奇著穿透肚皮的
種種光線，在那光的後頭

母親的模樣會不會
也是一尾魚？

海

肚皮底下有片
小小的海洋
你翻了個身
掀起波浪
在那之中藏著
怎樣的你？
我撫平那些漣漪
痴痴等待，直到
足夠流利地翻譯
浪花與漣漪
直到自己
終於抵達你

肚子燈

我那隆起的肚子
會發光，像一盞
燈

公車上，鄰座的黯淡臉龐
被我的肚子照亮了
臉上漸漸
泛起微笑

有些怕冷的人
一靠近我的肚子
不知怎麼地
僵冷的部分全都
溫熱起來

我抱著我的肚子
走過街角，看到馬路那頭
也有一盞燈，緩緩朝我移動

我們相視而笑

肚子燈，點得更亮了

像你

你也許會有雙眼皮
像我
薄薄的屑，不喜
說太多的話
膽小而害羞

我將牽著你的手
去雨後的田埂散步
看白鷺鷥在泥土上
踩出音符

或者你並不像我
白淨的單眼皮，飽滿的屑
熱愛說話
外向而活潑

下起雨的時候
你換上雨鞋，拉我的手

到外頭用力踩水
突然蹲下，伸手就要
撿拾漣漪

更或許，是我變得像你
像你一般純真
有著熱愛故事的
閃亮眼神，喜愛關注
角落裡的微小事物

我將向你學習
如何專注與驚呼
學你看一道光如何
穿透玻璃
一隻螞蟻為何匆匆
行過杯緣

看著鏡子，我努力地
探進瞳孔深處
卻找不到原來的自己
黑黑的眼圈裡，盛著

與你相像卻又相異的
一雙眼睛

踏青

說好帶你去踏青
就備好一頂草帽
用香香的藺草編成
讓你聞一聞
從土壤長出來的味道
你將因此彎腰去看
腳邊不知名的野草

攀上一片斜坡草皮
有動物滑草的痕跡
你將收到一份大禮
高山以河流與植被
彩繪身體，在腰間繫一條
雲霧做成的蝴蝶結
你將體會何謂美麗
擁有一顆善良的心

說好一起去踏青
躺在柔軟的草地看星星
若它們被雲藏起
螢火蟲會接著到來
點亮你的夢境
一閃，一閃
那麼燦爛、美麗
不為任何目的
如同我愛你

秋天的孩子

秋天的孩子
踩著落葉而來
爽脆的聲響
一聲一聲，打開
季節變換的開關
我嗅著窗外
微涼的氣息
閉眼感覺，此刻
你正朝我而來

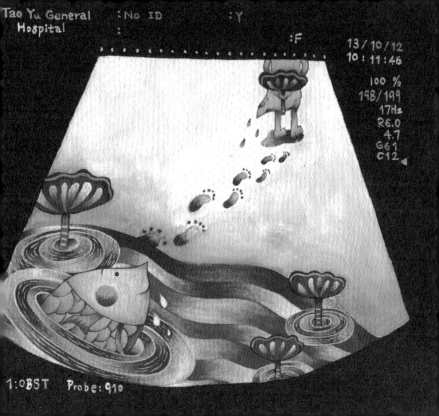

今晚你會來嗎？

今天晚上，你會來嗎？
你會輕敲我的肚皮
按下指紋，打開
一個藏了十個月的祕密
而你的哭聲像一隻
我從未見過的雲豹
撕破夜晚，翻過黎明？

對面頂樓豢養的鴿子群
飛在夏日傍晚的天空
牠們咕咕叫著，說今天今天
你將拿著一束熱氣蒸騰的雲朵送我
裡面夾著一張冒煙的卡片
寫著：「ㄇㄚ媽，媽媽。」

我趕緊穿上合適擁抱的衣裳
上床等待，看著牆上時鐘逐漸腫大
秒針逼近，像要刺穿我的眼睛——

如果你來，你會領我走嗎？
尚未學習行走的你
卻能在我懷裡，用使勁哭出的淚珠
排出一條歧出我原本生命的路徑
屆時我將以奶水撫慰你
那是一點一滴
在經歷巨大轉變之後
我強忍住的眼淚

我想像各種令你
更接近我的可能
但每一秒過去，我用力
蜷起自己的身體
想退到黑夜最深處
那裡有個巨大的子宮
懷著每個人怯懦的影子
但最終我仍得如你一般
在某個破曉時分
被分娩出來

今晚你會來嗎？

我問著你，也問起自己
我數不了羊，只能數著想像之中
你小巧的腳趾與手
每一根髮絲都被微風吹過
每一根睫毛緩緩飄動
窗外傳來微雨的氣味
我彷彿看見我的肚皮長出嫩綠的葉
一些雨滴被抖落
一隻幼小的雲豹鑽入樹叢
失去影蹤

懷著

安靜的夜裡
全世界彷彿都懷孕了——
天空懷著無數顆星星
大地懷著四季
小狗懷著接飛盤的夢
構樹懷著碩大的露珠
我從露珠裡照見
大腹便便的自己
黑色的夜晚懷著我
我懷著你

我們

這是我，我是「我們」
這是我們共同的旅程
我帶著你走，帶著你留
帶你聞花的氣息
聽雨的歌
我是多麼願意讓自己
如此這般，屬於你

這是你，你也是「我們」
你聆聽我的每次吞嚥
我的語言，你知道
你那麼靠近我
你是多麼願意
完全屬於我

但有天你將
用此生第一次的嚎啕宣告
就此離開我

屆時你將看著我
卻全然沒有認出我
從此，我們將不再是「我們」
我們被一道鋒利的刀刃切開
成為「你」，成為「我」

那曾緊緊
繫於彼此的記憶
如一條細細的絃
斷裂的聲音
那麼微弱
我卻能清楚聽見

你來

我等著你，在睡眠的時候
還沒夢見你的模樣，你就來了
你來，抱著滿滿的問號
一雙手太小了，有很多掉在後面
有些碎得像來不及吃完的
巧克力餅乾

相遇

以為還很遠，卻已經
看到終點了
有些害怕地
停下來，腳下卻
出現輸送帶
它強行將我
載往前方
我往回跑，但不夠快
一下子就
被送到你的面前
原本準備好要對你說的話
全部忘記了
但你也只是不斷哭泣
不打算要聽
你的腳那麼小
上面有一些脫皮
想到你一定比我
走了更遠的路

才總算來到這裡
我終於
鼓起勇氣
抱起你

祕密

洗完澡發現
你小小的掌心
緊握一根毛絮

(飛行的途中
羽毛損壞了吧？)

皮膚的皺褶處
輕微地脫皮

(飛行的時候
被風颳得難受吧？)

我就知道
你是天使變成的
噓──別擔心
我將為你
保守祕密

乳房

成為母親之前
乳房是一臺善妒的
高階掃描器
不僅內裝要好
外型也得
光鮮亮麗
總是用超高解析度
掃描戀人的身體

成為母親之後
乳房是一臺盡責的
生機飲食機
卸下多餘的包裝
收起四射的鋒芒
把最乾淨的食物
投入自己
製造最優質的乳汁
給你

擠奶

多麼漫長的等待啊——
等食物與體內的蛋白質
結合，變化，**轉換**
等一條乾涸、悠長的白河
再次溼潤起來

有時，苦等不著
絕望地感受
擠奶時肩頸的痠疼
眼角餘光猛然瞧見
窗緣凝出乳白色露滴
冰冷的磁磚縫隙冒出乳白水珠
一絲乳白色的日光
忽然從緊閉的窗簾滲入

直到一股痛覺緩緩刺入
身體各個孔隙終於緩緩滴出
從眼睛，從鼻孔，從耳朵深處

滴答，滴答。流出
滋味濃郁的乳汁；
然而用來餵養你的乳頭
卻仍不動聲色——經過半晌
這才冒出一顆久違的，剔透的

血珠……

臉

胸部與肚皮
構成一張疲憊的臉
乳頭是眼睛
肚臍是嘴
「她」在鏡子裡看著我
好像要對我說些什麼
不中聽的話，卻又
不好意思說

黑眼圈的我
也有張疲憊的臉
皮膚發炎，脫屑奇癢
青色血管穿梭其間
額頭浮現細紋
眼周冒出斑點

眼睛和乳頭對望著
兩張臉同病相憐

哀嘆著原來我們
是用瞬間蒼老的生命
換得一個哇哇啼哭
全新的肉體

擰

躺在床上的一條
潮溼的毛巾
混合著汗水與乳汁
在沒有陽光的房間裡
渴望乾燥；它反覆地
伸展、蜷曲
伸展又蜷曲
試圖
擰乾自己

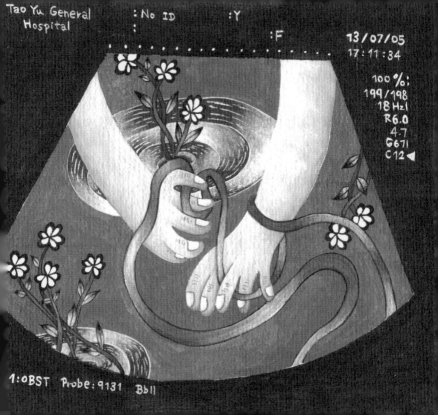

墾

在我胸前的位置
有兩塊貧瘠的土地
我想種些營養多汁的東西
但它們遲遲生長不出來

日漸滄桑的我
像一棵留不住水分的枯樹
但你卻仍依戀著
用你的方式來愛我

或許那僅僅是種依賴
就當作是愛
我便有了動力繼續
在那貧瘠的土壤上開墾

我拿起鋤頭
鏗鏘一聲
敲到了石頭──

你滿懷希望爬向我
滿足地吸吮著
乾燥的石縫竟緩緩滲出
鮮美的乳汁……

靜照

早晨醒來發現
身邊多了一名小孩
他像蕨類一樣害羞
一觸摸，身體就蜷曲起來
一微笑，床鋪就開滿花朵
我怯怯地擁抱他
確認他的氣味與形狀
一切都是那麼陌生
陌生的小孩，陌生的母親
被凝在一幀無名的靜照
這裡是如此安靜
彷彿世上其他一切
都與我們無關

龐然的你

每天睡前
我褪下一層
疲倦的自己
隔日醒來
感覺自己
又變小了一點
彷彿如此
反覆遞出自己
給日漸龐然的你

哄睡

微風吹拂
這片睡眠的曠野
一朵潔白的花微微彎身
曲在風的懷裡
向風撒嬌

你帶來的雪

每個人都在談論著
這場不可能的雪
什麼樣的景致
令他們如此驚奇？
一整天，你的手指冰冷
他們都不知道，雪
是你帶來的

街道上散落著
大大小小，輕薄的雪花
有的碎裂了
有的邊緣缺角
像不規則的星形
那是你才剛學會
生澀的勞作

在你小床的角落
我找到一朵

造型總算完整的雪花
那是你送我的禮物嗎？
它很快在我掌心融化
像親吻著我，告訴我
此後，世上將多了一個人
愛我

· 2016 年 1 月 24 日，兒子雪 6 個月大。那日寒流來襲，市區下起了雪，人們
  紛紛走出戶外拍照，驚呼這神奇夢幻的片刻。但隨後經報導證實，那其實並
  非「雪」，而是「冰霰」。

第二部　交換語言

我的手錶壞了

我的手錶壞了
我卸下它，在一個安靜的夜晚
時間的腳仍不停的走
一個個透明腳印
踩在我空去的手腕
毛孔張著，每一根
毛髮都在長長
我想此刻，時間或許
是隻蝴蝶，我將手錶掛在窗邊
時間就啪啪振翅，飛出窗外
月亮用氣音輕輕倒數
(四、三、二、一……)
窗臺上的花
開了

魁儡

生下他之後
我的身上長出
許多絲線
每一條都緊緊
握在他手中

當他哭鬧扯線
我下垂的眼皮便被掀開
睡眠時他不安翻身
我沉睡的雙腿胡亂起舞
徹夜無法安眠的我
只得起身，坐在窗邊
解開那些糾結的絲線

月光下，銀白色的絲線
是那麼耀眼，令我
不忍斷絕

蚊子

牠們像黑色的星星
在夜裡悄然出沒
在你耳邊唱一首
發癢的歌
尖銳的扎入你
夢境的膜
你的母親燃燒她的睡眠
生出憤怒的煙
將牠們熏走
徹夜無眠的母親
黑著眼圈，望著天邊
漸漸腫起一顆
火紅的太陽

離開我

此刻的你
完全屬於我
依附著我
說什麼也不願離開我
像最執拗的花朵
怎樣也不願意
從我身上脫落

可是總有那麼一天
你學會爬，學會走
一雙可愛的小鞋
幾乎是惡意的
帶你離開我

你跑啊跑著
跳上一臺腳踏車
我追上你，為你拆下輔助輪
你興奮向前踩踏

大喊媽媽，媽媽
卻沒有回頭看我

車輪輾過一個水窪
摩托車上的你，載著你的愛人
（她或許像我幾分？）
她環抱你的腰，溫柔提醒你
記得致電給我，你說媽
我得走，有個遠方等著我

Au revoir ——
飛機屁股吐出一句話
尾音拖得好長
我用力咳嗽
摸了摸下腹部
那個仍然突起的疤
那個你從我身上
脫落的地方，原已遺忘了好久
此刻卻突然
搔癢起來

圖騰

當你緊貼著我
像一個華麗的刺青圖騰
攀附在我那原本
平凡無奇的身體
我開始勇於
展示自己

早餐

又見面了
早餐是我們
祕密的約會
我咀嚼我的早餐
你思辨你的世界

昨天夜裡
你有悄悄長大嗎？
奶水灌溉的土壤
是否足夠肥沃？
夠你多長一顆
小巧潔白的牙齒
咀嚼的感覺
每天都改變一些

你彷彿厭倦了
軟泥般的副食品
你轉頭面向窗外

宣揚你的小小人權

張嘴就咬下一口

可口的世界，嘴裡充滿音樂

下一秒，卻又皺眉

彷彿在說：

今天的車潮、廢氣太多

人們將世界，調味得太重……

厭奶

舌頭上的小動物
紛紛醒來──
牠們在奶水中
沉睡了太久
終於厭膩
一成不變的滋味

一頭綿花糖般的小羊
咩咩的叫著，想嚐一嚐
綠綠的東西
一隻小猴子跳上跳下
想吃甜甜的香蕉
一隻喵喵叫的小貓
動了動鼻子
嗅到烤魚的味道

牠們在粉色的舌頭上打滾
有時一起開心的玩

有時一起望著外面的世界
流口水

・有些嬰兒會經歷奶量下降或不願意喝奶的狀況（稱為「厭奶期」），通常是因為嬰兒厭倦奶水的味道，或是身邊的事物分散他吃東西的注意力。

手

之一：手長

近日感覺
手變得很長
抱著日漸變重的你
手因此而拉長
有時我站著
不必彎腰，伸手就可以
綁鞋帶

因為手長
可以掛很多東西
尿布包，奶瓶，圍兜
水壺，雨傘
還有你
沿路上
人們都好奇的看我

有時我們相隔一段距離
因為太想念你
不必跑向你
只要稍微伸過手去
就能擁抱到你

看著我的母親
我側著頭想，或許
這是一種演化邏輯
她的手甚至比我更長
知道我渴了
遞給我一顆熟透的
椰子，說是她剛剛
在路邊現摘的

之二：手粗

近日感覺手
粗礪
任何表面都比我的手
光滑許多

一個下雨的午後
我走路，打滑
跌坐在地上思索
感覺自己的手已然
不是自己的手

昔日玩著手影比出老鷹
那雙手已經展翅
離我遠去
曾經撫摸過岩石般
異性肉體
被誇讚膚質細嫩的手
已然失去光澤
裸露粗硬紋理

我那原本的手
究竟到哪裡去了？
是誰在夜裡偷偷
置換了我的手？

路人紛紛看我
他們皆對我伸出
溫柔的援手
但他們的手都太光滑
一碰上我那宛如利刃的手
都立刻
縮回了手

之三：手臭

近日感覺
手臭

反覆攤開尿布
察看其上象徵健康的
黏稠物體
將尿布捲得小巧
恭敬的丟去
一日數回
嗅著其味
那是我愛的你

生之氣息

剛擦上香氛護手霜
為了清洗奶瓶
只得又洗去
很快的
手又恢復了臭氣
與人握手時
滿懷歉意

然而一日不見你
將手貼近鼻尖，想你
怎麼都聞不到
一丁點臭氣
意外感覺空虛
彷彿自己因此
失去了你

眼睛

你的眼睛
是黑暗的縫隙裡叢生的光
每道難以定義的問題
都在光裡飄浮
對於世界，切莫
明白得太早
用手去碰觸風
讓指間沾上青草
讓露水掛上睫毛
睜開雙眼，世界
是你的玩具箱

這是玉米，那是蘿蔔
這裡來了一隻翠綠的菜蟲
螞蟻們列隊走過
這是阿媽，那是阿公
那裡來了一輛黃色的垃圾車
它把疲憊的夕陽載走

當夜晚降落
黑色的簾幕關上了光
愛睏的小眼睛好奇的望著我
是的，這是媽媽的眼睛
這裡尚有微弱的光，讓我們一起
等光慢慢消滅，等世界褪去意義
等明天的太陽起床
送我們全新的玩具

消失點

和人群
一起往前走
風卻只颳著我們
我們的頭髮狂飛
衣領拍打臉頰
瞇著眼睛看向前方
那裡有一個
很小的點

輪流背起孩子
向前徒步
路逐漸傾斜
落葉蓋住眼睛
被一顆石頭絆倒
身後的草地適時隆起
成為一個柔軟的沙發
接住我們

「還要走嗎？」它問
「那裡很可能，什麼
也沒有。」
我們跳下沙發，拍掉身上的泥
欒樹種子排成一條虛線
「這很可能
是錯誤的路線。」
一隻麻雀跳過來説
「也可能
是正確的。」

孩子醒了，一直在哭
我們驟然止步，停在路邊
看著那愈來愈遠
遠方的消失點
等孩子哭完
等風停

交換語言

夏夜的公園裡
有狗在跑，人在鬧
土風舞的音樂穿過耳梢
你看著一個警示立牌
上面有小狗圖案
你模仿狗的語言
你說，ㄋㄠˋ ㄋㄠˋ
溜滑梯上，有注音
咻的溜下來了
鞦韆上，孩子們的笑語
飛向樹梢

我說，玩玩
你說，啊，啊
我擁抱你
你笑出聲
我說，嗨
你說，愛

我也需要學習你的語言
學你說舖啊，巴埔，ㄋㄟㄋㄟ
你會心一笑，像在說：
妳這遲鈍的母親
總算學會我的語言

你指向我，像指認什麼
終於你說：「媽媽。」
我沉默半晌，向宇宙遞出
我所能發出的一切聲響
只為了與你交換
這無限美好的字眼

女的馬

女的馬載著小的馬
她眉頭深鎖，眼睛紅
等日升，等日落
她的身子越來越重
馬蹄越來越薄
在一條不算長的路上
一步步將自己的影子
踩破

女的馬，女的馬
妳的哀愁我懂
他在妳的馬鞍上盡情揮霍
那有時對妳是種折磨
可是愛那麼遼闊
若是遇不到一季暖冬
草原上總有你們生的營火

女的馬一直在等，等小馬

有天從她身上一蹬
跳下來對她說：
馬馬，馬馬，媽媽……
她蹲下來聽的時候
發現腳邊的草很多
她放小馬吃草
小馬學會了自己跑
馬蹄聲響滿整片
綠色山坡

女的馬，女的馬
妳的小馬漸漸長大
妳的馬鞍終於可以卸下
有天他會懂得妳的哀傷
妳不該為他中斷妳的夢想
夕陽下妳帶他回家
風吹，草長，秋風涼
你們的影子好長，好長

媽媽包

媽媽包裡
只剩下一丁點空間
足夠放進我自己
我侷促的居住著
騰出大部分的空間給你
我躲起來哭
在那個最小的暗袋裡
把袋子都哭溼了
還弄壞一條乾淨的尿布
你探頭進來看
我將自己藏得更深一些
你又探頭進來看
你說：媽媽。
我擦乾眼淚
爬出來

你的父親

你的父親
是一株
比你更難照顧的植物
冬日易於感傷
夏天總是中暑
但自從有了你，一夜之間
他長成一棵千年大樹

樹皮上有些傷口
或許以後
你會慢慢的懂
一圈圈神祕年輪
紋理繁複，藏有許多
與你相關的密碼

他每每將你抱起
用盡各種方式告訴你
他有多麼歡迎你

來到他的懷裡

仔細聆聽，你將聽見
他的心跳，如古老的鐘擺
溫柔、和緩的擺盪
將你盪進深沉的睡眠
也將你們盪進
彼此的生命裡

名字

給你一個名字
像你握在手心的棉絮
洗澡的時候，你放開它
它漂在水面上，那麼輕
如果水塞被打開
很快被捲入漩渦

你會如我一般喜愛它嗎？
若我在風裡喚你
你的名字飄向你的眼睛
你會輕易捏碎它嗎？
若它面臨一場驟雨
變得潮溼軟弱
你會輕輕捧它回家
耐心等它晾乾嗎？

你的名字貼著你的皮膚
像一件脫不掉的衣服

它靠你很近，每當有人喚起
它貼著你的靈魂
擾動你的心

如果別人抱怨你的名字
給你奇怪的綽號
你能對他們微笑嗎？
如果有人分析你的名字
替你算命，你相信嗎？

但我相信你，有一天
你把名字寫得好漂亮
那是全世界最美的名字
你認真書寫的模樣好像在說
媽媽，我愛它
我愛妳

‧女兒將寫在紙上，名字裡面的「青」字拿起來送給我，她說：媽媽，這個字送
　給妳。

搖籃曲

已經唱了好多首
你卻還是不睡
仔細一看，你小小的手裡
拉著那些歌的尾巴
搖了搖，甩了甩
幾顆故事的蛋
又匡啷一聲
掉出來

睡臉

你緊閉的眼睛裡
有一潭清澈的夢
小巧的鼻子輕輕呼息
激起一陣漣漪
濡溼而捲曲的髮絲
貼著腦袋，一座
錯綜複雜的迷宮
從繪本裡偷跑出來的動物
在上頭迷了路
夢語喃喃，聲音釀在
薄薄的脣裡面
等天一亮，語言的果實
又成熟了一顆

葡萄

「還要。」你說
於是我繼續
為你剝葡萄
一顆，接著一顆

為你感到滿足
卻也因此，指甲縫
變得黑黑的，看上去
很髒

去便利商店繳帳單
丟了錢便迅速藏起手
難得與朋友約會
只得匆匆化妝，擦上
黑色指甲油

不管去到哪裡
都能聽見你

聲嘶力竭喚我

（媽媽──媽媽──）

紅紅的臉蛋流下
一串又一串，甜膩的
葡萄淚滴

尖叫

聆聽，你的尖叫
我紮穩馬步，忍住
就要爆破的喉嚨——

一旦爆破
我將縮小成為
和你一樣大的孩子，彷彿
彷彿就要聞到
橡膠被燃燒的氣味
一股煙霧緩緩
上升——

我輕輕取來
一塊柔滑的布
不經意似的蓋上
等那尖叫聲
慢慢熄滅

玩具

轉身看見
滿地的玩具全數
變成沙漏
一道道
七彩小瀑布
在遊戲墊上
不斷流瀉

餓

一點零八分，開始覺得餓
囫圇吞了一些東西之後
那些咀嚼不全的食物
從我背上的洞匡噹一聲
掉出來，變成孩子們玩的
蔬果切切樂

糖果

便利商店裡
一字排開的糖果
你挑了一顆你最喜歡的
包裝撕開來
是一顆跳動的
我的心
嚐起來甜甜的
在你嘴裡溶化
我的胸口感覺
有點疼

鞦韆

妳的哭聲總是如刀
劈砍著我
我的腳邊落滿
碎裂的自己
我急於將它們掃盡
趕在刺傷妳之前

一個陽光充滿的早晨
我衝動的決定
在妳的鞦韆盪到最高時
悄悄離開妳

派鳥群啣來一桶牛奶
從天空倒進公園
稀釋妳的哭聲
溜滑梯也變成白色的
我離去的腳印變得很黏

我就這樣走遠，直到
再也聽不見妳——

回家以後
我鬆了一口氣
躺在空盪的床上
一闔眼便睡過夜
在夢裡我不是母親
而是一名小孩
我用力大哭與尖叫
感覺身體持續碎裂
直到長出一層
嶄新的肌膚

隔天，陽光靜好
我泡好一瓶溫熱的牛奶
踩著輕盈的腳步去接妳
妳仍在鞦韆上，但卻變成
一名美麗，洗鍊的女子——

妳對我淡淡地說，妳不再喝奶了

妳看來那麼陌生
那麼彆扭，極為勉強的
喊我一聲
媽

慣性

那輪子不停的轉
於白天，於夜裡
於你離開，上床入睡之時
因為慣性的緣故
它無法停止旋轉
上頭沒有承載著你
它是那麼迷惘
只好不斷
原地打轉

她終於睡著的時候

她終於睡著的時候
我將自己泡在水中
不知經過多久
磁磚上的水痕像脈搏跳動
整間蒸騰的浴室成為子宮
我想變成她，回到最初
靈魂與肌膚完好的樣子

下腹部的疤逐漸脫落
一條暗沉的子母線在水裡漂動
我的靈魂變得小小的，祕密潛入
被乳汁染白的水中
看見自己巨大的身體在水面上
失去意識而漂動
聽見自己體內的老舊齒輪
因滲水而發出嘎吱聲響

此刻她雖然睡著

卻仍在夢裡哭喊
有時她說愛我，有時則否
畢竟她的語言總是神祕多義
每每向我述說
比表面聽來更繁複的事
為了避免陷入邏輯的瘋狂
我割下耳朵望向天空
每顆鮮紅的星星
都在滴落

我從水裡出來，悄悄挨近她
正準備入睡的時候
她突然醒來說她餓
於是用力吸吮我
我痛出堅硬的眼淚
一顆顆砸毀了她
緊攫著我的那幾根
小小指頭
她說自己剛剛做了個夢
跌入一個深長的溝壑
她成為了我，手腳泥濘

垂直落下的途中，乳房
被歧出的樹枝勾破⋯⋯

後來她終於
再度睡著的時候
我的淚早已被夜染黑
融入夜的本身
黑夜起身，抱起我
輕輕搖晃
夢像果凍

雨中洗衣

未能及時刷洗的小小衣物
散落在水槽裡
各種汙漬滲入纖維
雨下在衣服上頭，也下在
我疲憊不堪的身體

聽著孩子的鼾聲，我深知
他的哭聲仍未停止
只是轉往睡眠裡去
那裡，也有個蓬頭垢面
狼狽不堪的母親吧？

細雨的聲響那麼清晰
已足夠掩蓋孩子翻身之時
髮絲摩擦枕頭的聲音
若是可以來點雷聲，更好

此刻洗衣，陽臺便是全世界

只有細雨和我自己
秒針的聲音，沉到水盆的最底層
隨著肥皂泡沫
漸漸被排去

第三部　大象班兒子，綿羊班女兒

等一下

等一下，再等一下
就好

重複的呼喚
令我厭煩了
妳得等，我只有
一個人

弟弟出生後
最常對妳說的話
不是我愛妳
而是
等我一下喔

等一下下，就幫妳處理
等一下下，就聽妳說
不是等一下
才愛妳

準備好了嗎？
在這無從準備的世界
妳被迫長大，從妹妹變成了
姊姊——姊姊，那麼陌生的稱謂
妳的手，夠大到
可以接受了嗎？
什麼時候，妳才會
伸出妳的手
牽他？

懷著弟弟時
也同時懷著
對妳的歉疚
不得不給妳更多
比起自己，我更擔心
細膩敏感的妳
第一次看見弟弟時
妳是什麼心情？

可以再等我
最後最後

一小下嗎？
真的
再等一下
就好
等媽媽
也慢慢學會
當好兩個孩子的
媽媽

阿弟死了嗎?

阿弟靜靜站著
專注研究,如何
旋開寶特瓶蓋
隔著一張椅子你看見
雕像般靜止的他
你側著頭好奇問我:
「阿弟死了嗎?」
幾秒鐘過去
阿弟又活了過來──
他拿著他終於旋開來的瓶蓋
搖搖晃晃走來
開心的彷彿
開罐中獎

我說阿弟沒有死
即使他在我腹中之時
每一秒
都脆弱得易於死去

我懷著阿弟的生
也懷著阿弟的死
直到他誕生
時間伸出透明的觸手
將阿弟的頭髮與指甲拉長
但他絲毫不感到疼
細柔的髮絲
令他體驗風
小小的指甲片
讓他學會摳去
推車扶手上的貼紙

我們穿鞋
去池邊看魚
一隻死魚浮在水面上
「那隻魚死了。」我說
像一池失去漣漪的水
再多雨滴也喚不醒它──
看你一臉疑惑
我為你戴上帽子
遮擋豔陽

我們帶阿弟去公園
阿弟坐著推車
老人坐著輪椅
他們的雙腿都有
不完整的靈魂
阿弟的尚未成形
老人則是逐漸磨損
那位沉睡的老人
此刻他正經歷
一場不可逆的老去
（或者，他已正在死去？）
天光逐漸削減
時間慢慢收回
他的影子

一片枯葉落在
推車的遮陽罩上
風將它吹向馬路
車子輾過它
發出乾脆的聲響
那是它將死的呼喊

還是死後的軀體
殘存的音樂？
有一天，我們都要死去
躺進大大的木盒子
把自己當成禮物
送給海洋，送給泥土
好讓其他的生命
輪流生長出來

燠熱的陽臺上
你們小小的鞋子正在滴水
落在枝葉低垂的盆栽上頭
明天，或許後天
當你們沉睡之時
那些枝葉會輕輕的打嗝
而你們的鼾聲
穿透蚊帳，抵達
窗外的山櫻花樹幹
很快被一片巨大的蟬鳴覆蓋
許多蟬蛻紛紛
掉了下來

救我

我知道，你是來救我的
喜歡貼著你，想像你
已變身成為一名大男孩
對許多事仍感困惑但你知道
你愛我，你懂我的悲傷與分裂
當我這樣貼著你的時候，你不會走
你會靜靜地等我，直到確認
我的悲傷與分裂被陽光蒸發
你帥氣地跨上你的機車
回頭看我的眼神
好像我

與你討論時間

與你討論時間。你說時間
是一道光，像金色的糖粉
灑在空中，融化於舌尖
或者它是平面，用一張色紙對摺
如眼睛開闔，每睜開一次
就過去一天。你說其實時間
不在這邊，它在對街那間
賣很多手錶與時鐘的商店

我說時間啊，在你出生後
緊接著被分娩出來，後來的日子
開始有了你的氣息——
你赤腳踩在時間的沙灘上
而後鞋子像船，將你載走
循著你的腳印，我縱身跳入
時間的汪洋，打撈每一個
過去的自己

你側著頭想，什麼時候
才能結束這個話題？
還要多久，才能去公園？
你從滑梯上溜下，就抵達明天
乘鞦韆盪上雲朵，就能撿到
昨天沒吃完的那根棒棒糖

站在門口，我是一個
比你大一點的沙漏，體內的沙結成
堅實而乾燥的泥塊；它隱隱震動
一些沙從上面剝落，細細的
敲擊著我

在家門口，我們僵持良久
只因你拳頭緊握，不願穿鞋
基於某種，我遠遠無法理解的理由
我聽見你低頭，滴答滴答的說：
你，就是時間，指針是你
細細的腳，任何一雙鞋
都令你舉步維艱──時間，
它很可能因此停下來！

牆上的鐘不斷走著，提醒著
我們已失去了時間；此刻
它正如一班過站不停的列車
從我們之間，高速穿越──
一條細小的線
隱隱欲裂

門

孩子總是敲門
企圖中斷
所有我正在做的
一切動作
洗澡，大便，睡覺

為了避免聽見那急切，彷彿就要
破門而入的敲門聲，我索性
不再關門

自此，所有的門
都不再是原本意義上的門
廁所的門
廚房的門
臥室的門
陽臺的門

它們總是張大著嘴

咀嚼著赤裸的我
我被吞下，吐出
每日反覆，身上帶著
總是來不及消失的
列列齒痕

在語詞的世界裡

讓我們慢慢砌出
事物的形狀
以語詞作為積木
拿開無用而多餘的；
有時它們垮下
妳挫折大哭，彷彿
它們淹沒妳，令妳窒息
我拋出各種語詞給妳
但沒有一個可以
載妳著陸，僅能
抱著妳，保護妳
在這語詞飄泊的世界裡

向妳解釋一個詞
以同義詞、反義詞
拆解它的形狀與聲音
回到語言的初始
擴散它，造十個句子

從各種角度
觀看它暈開來的樣子
若妳仍無法觸及
或許是我用過量的語詞
消滅了它，直到
下一次它又生出歧義
如此刻替我們頂著太陽
枝葉繁茂的大樹
更多明亮的詞彙
從它的陰影裡放射出來
它們悠悠經過妳的眼睛
像透明的精靈

妳善於挑剔，憤怒於
人們錯置的語詞
像把妳心愛的玩具
放在錯誤的櫃子
妳用淚水抹去錯字
卻找不到更合適的語詞
但妳發現了嗎？
就連哭泣也具有音樂性

妳的本身就是一個樂器
用意念敲打出聲音
如果過於用力
它將碎裂，失去和諧
讓我們將錯字輕輕撣去
會有另一枚字隨風飄來
如果那正是妳要的
它將脫去輕薄的透明翅膀
降落在妳掌心

假日的街道上
國語、臺語、東南亞語
嘈雜成一種
不可思議的語言
我們可以用它來寫詩嗎？
混沌的語言進入耳朵
在腦海中彎折、質變
成為一道光，暫時
是看不見的，但有天它將成為
我們脫口而出的詩句

親愛的女兒
我們把整個世界隔絕在外
在「我們」這堅固的祕密基地裡
鑽研著詩嗎？
每天，我努力
剝開語詞的外衣
像層層剝開自己
那使得我們更加親密——
親愛的，和妳一起
在語詞的世界裡
我樂於將自己
重新還原成一個
牙牙學語的人

大象班兒子，綿羊班女兒

女兒上學了
在綿羊班上課
老師說
她是一隻文靜的綿羊
只是過於安靜
不太應答
夜晚，在我數羊的時候
我看見了她
一隻動作與其他羊不一樣
不斷脫隊的綿羊
眼神那麼桀驁
在我的夢裡她說
她不要跳柵欄，她要跳火圈
綿羊的毛著火燒焦
一坨坨黑黑的毛球
我急忙倒水，滅火……
卻滅不了她的哭聲
都怪我總是忘了

每一隻綿羊
本來就不會一樣

至於我的小兒子
去了大象班
一開始他也像
其他的小象一樣哭
他的手那麼短那麼粗
緊緊抓著我不放
我的衣領被他的眼淚
染成灰色的
老師對我點頭示意後
便強行抱走他
離開學校之後
一整天
我都聽見他的哭聲
路人說
那麼快就讓他上學好嗎？
你應該讓他
攀住妳的喉嚨
應該背起他

即使他都耍賴不睡覺不吃飯
他還那麼小
而妳本來就該是
一名母親

綿羊和大象
在學校裡還好嗎？
把他們從學校帶回來
好嗎？
一直帶著大象和綿羊在身邊
好嗎？
去大賣場的時候
看見別人帶著
袋鼠兔子食蟻獸
內心揪著
我的大象和綿羊呢？
對不起
讓你們離開我的這片草原
你們是最喜歡的吧？
這片草原有著圍欄
多麼安全

你們可以放聲哭泣
沒有野狼進得來

上學好嗎？
你們的心像我一樣
隱隱痛著嗎？
溜滑梯敢溜嗎？
手洗得夠乾淨嗎？
有蓋好棒章嗎？
餐點好吃嗎？
沒有我在的時候
睡得好嗎？

放學去接的時候
大象的腳蹦蹦蹦的踩著
綿羊的腳掐掐掐的跑著
他們往前跑啊往前跑
衝破了圍欄
臉上的笑容那麼飽滿
我得喚他們停下來
停下來，等我

前面有斑馬線，紅綠燈
我們得牽手
才能過啊

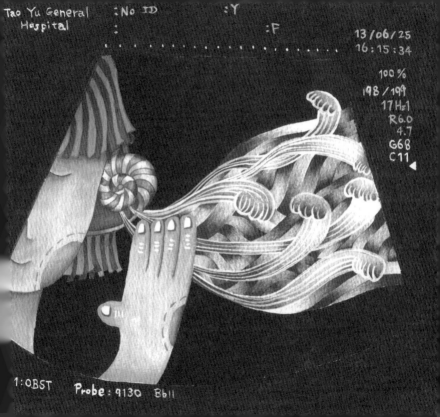

書包

新書包來了
替你工整的寫上名字
讓你背上，看你遲疑
走進教室

你將書包放進
屬於你的一小方位置
教室很大嗎，或者太窄？
桌椅是否過高，或者過矮？
從窗射入的光是否剛好
點亮你眼睛？
課本的內容有趣嗎？
令你離這世界更近一些嗎？

你的心靈，會與其他孩子一起
被方正的書包
壓製成同一種形狀嗎？

拍照時比 YA，跟隨指令
閉嘴，拍手，轉圈
發呆被制止時，安分的接受了嗎？

新的書包，你喜歡嗎？
其實它不需要保持得很乾淨
你可以用它來擋雨
我們可以縫上任何
你喜歡的東西
如果想哭
它替你遮住眼睛

朝裡頭吶喊
聽不見我的聲音
但有你上學途中
踩著落葉沙沙的回音
有你穿著雨鞋，踩廣場的水
啪嗒啪嗒的聲音
細細去聽，用它裝滿更多
屬於你自己的聲音

放學的時候，你背它回家
它令你腳步沉重嗎？
你可以唱那首我們編的歌
小小的音符掛上書包，輕搖晃盪
跑快一些，甩動它
轟然一聲
它張開翅膀

沒有配樂的一天

親愛的，今天是
沒有配樂的一天
斑鳩張開他的嘴
聲音卻啞了
葉片在地面滾動
但毫無聲音

該如何向你描述
這難以描述的安靜？
該如何獨自度過
這難以忍受的靜默？

在全白的房間
發亮的木頭地板
我布置一個彩色的帳篷
邀請松鼠來喝茶
等他離開後
我把自己關著

寫詩一整天

這當然不是真的——
（我彷彿看見你認真問我）
送你進校門後，我需要一點時間
適應少了你的荒涼
我只是在百無聊賴的家中
安安靜靜，縫你小小破損的褲子
好奇著一根針掉落地面
是不是真的會發出聲音？

我彷彿身處一部電影之中
鏡頭很長，每個表情都不能重來
每個動作不能中斷
觀眾看我，難免無聊
酸腐的呵欠不斷穿透
我的臉

親愛的，當你離開我身邊
我好像終於可以
自由的起舞，然而身體

卻僵硬不已；手臂伸出，碰不到你的手
腳跨出去，沒有你在我身後

期待許久的今天
我應該去好好的逛個街
給自己買點奢侈的東西
但時間過去，我竟然只是在這裡
癡癡等著時針分針指到某個刻度
終於能起身，出門
奔向你

親愛的新白

送妳一隻白貓布偶
嶄新雪白的毛像霧
霧裡張開一雙
湛藍眼睛，灰色腳蹄
在夢裡踏出腳印
牠領妳去一個迷宮
那裡沒有妳的母親
卻能聽見她的聲音
樹上結滿果實，一咬開
就播放一則床邊故事
這裡直走，那裡轉彎
轉角的木棉開了，一絡絡棉絮落下
擊中妳的眼睛，長睫毛眨動
上頭有淚，溼溼的
像早晨才開的花

早晨妳醒來找牠
棉被一角露出一截

白色尾巴
「早安，新白。」妳對牠說
陽光下你們重疊成
彼此的影子，幾乎是同時
妳們望向窗外
一隻蝴蝶飛過
新白動了動溼潤的鼻頭
妳頭上冒出一對
尖細耳朵

幼兒園的孩子
在不遠處歡鬧
他們把布偶都留在家裡了
要加入他們嗎？
妳緊抱著「新白」
「去吧。」新白說
牠的眼睛那麼透明
像澄澈的水
令妳看見自己

妳是如此獨特

妳究竟從何而來？
在母親陣痛那天，妳說
妳抱著新白一起
從母親腹中誕生出來
妳毫不懷疑自己
從一開始就是此刻的模樣
昨天過得很快
明天永遠不來
每天都將蛋糕插上蠟燭
新白說：「吹熄它。」
火焰搖晃
有項圈鈴鐺的聲響

睡前，母親為妳關燈
黑夜咀嚼星星
一些星塵像餅乾屑飄落
新白在妳身邊慢慢舊了
妳緊緊抱牠，好像牠的毛
還是那麼雪白

妳說妳不是妳，妳就是新白

若喚妳小孩，白色尾巴
在妳褲子裡炸毛
關於妳是如何變成一隻貓
妳的母親知道，只有妳
能決定自己的模樣
新白，妳的母親允許妳——
我允許妳
親愛的新白

我的女兒在母親節扮一棵樹

兔子歡跳
鳥兒紛飛
獅子張開大口
隱匿於草叢
音樂歡騰
麥克風遞給主角：
一隻才剛破殼
臺詞支吾的小雞
背景裡，站著一棵
無人注目，靜定低調的樹
枝條新鮮，綠葉繁茂
橢圓形樹洞裡，露出
一張小巧臉蛋——

今天，我的女兒扮演一棵樹

她未曾知曉
自己確實曾是一顆

小小的種子
種在我的身體
那時我是泥土
以羊水澆灌，使她發芽
她無從知悉
自己長大後的模樣
我也無法預料
她會開花嗎？
會結果嗎？
離開我的身體之後
我們還會一直相愛嗎？

小雞終於說出
第一句完整臺詞
像牙牙學語的孩子
終於說出第一個字
掌聲與歡笑響起
善良的獅子沒有吃掉其他動物
牠們成為好朋友
繞著女兒扮的樹轉圈跳舞
無人問津的樹

只是骨碌碌轉動眼睛
偷偷望向我
忘了按照老師指示：
「微笑。」

或許樹本就不該笑
樹該總是靜定的
除非她被魔法棒一指
變身成為女孩
她會奔向我，成為
我懷裡的一隻貓
眼皮一單一雙
像有著雙色眼珠的貓
那樣獨特，不愛人群
害羞怕生，與長輩無緣
與我近似的性格

動物們準備離開
下臺一鞠躬
我深愛的那棵樹
仍留在原地

她是否已默默
生出了根，縈入舞臺？
只見老師朝她張開雙臂
一把將樹拔起、搬離
觀眾終於注意到她
那樣可愛盡責
不願離開泥土的
一棵小小的樹

女兒說她喜歡扮樹
不愛當一隻
蹦跳的粉紅兔子
羽翼炫人的小鳥
鬃毛高調的獅子
或集中目光的小雞；
樹用滿頭的葉子
遮去耀眼的陽光
只在地面留下層層疊疊
斑駁搖曳的影子
經過的人們從不知道自己
被樹蓋了印章

葉子摩擦的聲音
像鈴鐺
樹皮的汁液
有淡淡的果香
只是
當她褪去樹皮之後
她還會不會喜歡
自己的模樣？
留在樹洞裡的祕密
是否願意
與我分享？

那就這樣吧
我親愛的女兒
妳有妳自己的模樣
不全然與我一樣
別人總是說得太多
缺乏意義的行止如儀
我們只要靜靜的擁抱
在妳小小心靈的居所
安心穩當的相望

褪下戲服的女兒
搓著我的頭髮
彷彿在那末端，也漸漸生出
一片一片，層層疊疊的
綠色葉子

光是從很遠的地方來的

那時候
妳已經是少女
白皙的腿，因害羞而泛紅的臉頰
有些花開了，甚至不需澆水
只要有光
光是從很遠的地方來的
有一名少年
將與妳熱切討論這類的事
其他的時間，你們靜默
看你們的手變成花，等它開，牽起來
不去討論
枯萎以後的事

今天，我們走在蛋糕路上

夜雨降下
路面成為溼軟麵糊
一隻大手從天而降
握著巨大攪拌棒
灑下糖與蛋，畫圓攪拌
轉動開關，啟動
一個名為「早晨」的巨大烤箱
以逐漸加溫的陽光烘烤
順道點亮一根根路樹
樹叢裡飛出鳥兒高唱：
「祝你生日快樂」

你換下睡衣準備出門
背起幼兒園書包
像小螞蟻背著方糖
你說今天，我們走在蛋糕路上
經過的車是移動的糖
招牌都是餅乾

馬路上的畫線
是我們沿路擠的果醬

昨晚，你的夢
是一層毛玻璃
透過它，你看見
夜裡那雙大手
將蛋糕馬路置於「世界」
這個圓形架子上
為了均勻塗抹奶油
要不斷旋轉

你突然停下
看向雙腳深陷雪白奶油
你裹足向我索討擁抱
眼淚一下子湧出
嘩啦嘩啦朝我腳踝淹上
蛋糕路變成黏呼呼的河流
彩色巧克力米糊成一團
水果切片漂浮起來
我抓住其中一片

你最愛的水蜜桃
讓它載著我們
抵達學校

烏雲終於烤乾
一顆顆潔白棉花糖
紛紛降落校園屋頂
你說學校是一大塊
棉花糖蛋糕
那也是昨夜你在夢裡
趕工完成的——
最後一個擁抱
眼淚的河流退潮
道別切莫冗長
在這香甜的一天
我們終於又完成一次
艱難的離別練習

斑馬

牽著孩子踩過馬路上
一隻隻斑馬的背
多麼溫馴，安靜
晴天時，毛短而溫暖
雨天時，毛變得塌塌的
黑白對比卻更加鮮明

謝謝你，斑馬
他的手越來越大，掌紋嵌著我的掌紋
斑馬啊斑馬，你認出來了嗎？
那是曾在我懷裡的那名孩子呢

斑馬扭扭身子，說：
是的，他變重了而妳也是
他的影子越拉越長，直到超越妳的
牽著的手會放開的
他將背起書包，自己上學
雨天時穿上黃色橡膠雨鞋

啪嗒啪嗒踩過我的背
晴天時扮一隻乾爽的鳥
輕盈飛過我的肩

斑馬呀斑馬，微風吹動你長睫毛
謝謝你，沒有我的日子
請繼續守護他

母殤

游書珣

夜裡醒來做家事，行走之間，腳底板突傳來一陣帶著癢的刺痛感，肉眼看不出異狀，拿出放大鏡一看，是一根約莫五公厘的髮絲刺入皮膚。這才想起前幾天替一歲多的兒子理髮，許多細短的髮散落地板，掃除之間，遺落了一些。我找來一根針，以酒精消毒後，膽顫心驚的挑開腳底的皮，幸好不痛，也順利將髮絲取出。

想起之前罹患媽媽手去看醫生時，順便詢問了手上的一個不明傷口，醫生對我笑笑說，當媽媽的很容易這樣，總是忽略自己的小傷，常常自己撞上了，下一秒便要處理孩子的事：便溺、爭吵、嘔吐、跌倒等各式各樣的狀況。另外還有因為懷胎而留下來的痔瘡，原本規律的月經變得容易大量出血等等，這才發現，成為母親本身便是一種傷，身上總是帶著各種因為孩子而生出的傷痕。面對這些傷，得要花多少力氣、多少精神才能回復到往日的狀態？

猶記得老大胎盤早剝，出生時全身發紫，搶救一陣才見哭聲，

我也因此大量失血，第一次體驗到什麼叫做「躺在血泊中」，躺在病床上渾身顫抖，不斷喚來護士更換染血床單。

老二剖腹急產生下，生產過程中因不明感染，母子均發燒，住院八天施打抗生素；剖腹之後留下的疤痕，因為有著蟹足腫體質，那疤痕不但明顯，還微微紅腫突起。皮膚變乾燥時，或者彎腰動作持續久一些，便隱隱有刺癢感，提醒著我當初剖腹時的傷。

想必未經歷生產之人仍無法體會了解，距離生產經驗太久的人想必也遺忘其中許多細節，或許覺得生產狀況百百種，這也沒什麼大不了，但或許這就是我出詩集的原因吧——我曾經是這兩種人，當我還是前者時，我對這類題材毫無共感，我也相信，再過幾年之後，我也會漸漸淡忘此時此刻的感受，只留下粗略的記憶。

由此想來，更覺得此時此刻彌足珍貴。

我特別喜歡觀察成為母親之後的女性。推著嬰兒車與我擦肩而過的母親們，有的面帶愁容，有的幸福洋溢，母親們的育兒命運簡直天差地遠。

許多外顯的，含有痛覺的傷容易被發現與治療，但更多內在的，刻畫進大腦皮層的傷，一種黑暗的感覺，就算自己發現意會了，也很難令缺乏生產育兒經驗的他人理解。

世界上的母親們，都同時經歷著這些，遺憾的是，不見得每個母親的身邊都有提供支持的對象與環境；即便有著也曾身為母親的長輩們，他們身處的育兒環境也不一定相同。後來我發現，更重要的是，這些記憶很容易被遺忘。以我自己為例，身為一個母親，即便是一個月以前的事情，已經很難回想起，彷彿已是多遙遠的事情，更何況已經脫離育兒生活幾十年的長輩們了。

因此，此刻正在育兒的母親們，他們身處的孤獨其實是他人無從想像的——我衷心懇請大家即便無法理解，也請給予包容，切莫過於責難正在育兒中的母親，包含育兒相關的種種細節。

但願每個母親最終是快樂的，即使帶著種種無法復原的傷。

交換語言（2017.07.02 聯合副刊）

媽媽包（2015.05.14 人間副刊）

名字（2018.05《媽媽 +1：二十首絕望與希望的媽媽之歌》黑眼睛文化）

糖果（2017.06.27 自由副刊）

第三部　大象班兒子，綿羊班女兒

門（2017.12.03 聯合副刊）

在語詞的世界裡（2018 鍾肇政文學獎新詩副獎）

大象班兒子，綿羊班女兒（2017 鍾肇政文學獎新詩副獎）

我的女兒在母親節扮一棵樹（2017 臺南文學獎新詩優等獎）

大象班兒子，綿羊班女兒

作者 / 游書珣
插畫 / 游書珣、張矗青
協同編輯 / 許嘉諾
責任編輯 / 陳禜珊
設計 / 黃思蜜
出版 / 黑眼睛文化事業有限公司
地址 / 10049 台北市中正區林森北路 5 巷 9 號 3 樓
電話 /（02）2321-9703
傳真 /（02）2321-9713
E-mail / darkeyeslab@gmail.com
印刷 / 鴻柏印刷事業股份有限公司
補助 /

國家文化藝術基金會
National Culture and Arts Foundation
NCAF

總經銷 / 紅螞蟻圖書有限公司
地址 / 114 台北市內湖區舊宗路 2 段 121 巷 19 號
電話 /（02）2795-3656
傳真 /（02）2795-4100
E-mail / red0511@ms51.hinet.net

初版 / 2019 年 07 月
定價 / 320 元

ISBN / 978-986-6359-76-7（平裝）

國家圖書館出版品預行編目(CIP)資料

大象班兒子 綿羊班女兒 / 游書珣作. -- 初版.
-- 臺北市：黑眼睛文化, 2019.07
　面；　公分
ISBN 978-986-6359-76-7（平裝）

851.486　　　　　　　　　　108005937